Johanna Spyri, Johanna Spyri

Der Toni von Kandergrund

Eine Erzählung

Johanna Spyri, Johanna Spyri

Der Toni von Kandergrund
Eine Erzählung

ISBN/EAN: 9783743629073

Hergestellt in Europa, USA, Kanada, Australien, Japan

Cover: Foto ©Andreas Hilbeck / pixelio.de

Weitere Bücher finden Sie auf **www.hansebooks.com**

Der Toni von Kandergrund.

Eine Erzählung

von

Johanna Spyri.

Autorisierte Ausgabe für Amerika.

Mit 4 Bildern.

Reading, Pa.
Verlag der Pilger-Buchhandlung.

Entered according to Act of Congress in the year 1893
by
A. BENDEL, Reading, Pa.
In the Office of the Librarian of Congress at Washington.

Kapitel 1. Daheim im Steinhüttchen.

Hoch oben im Berner Oberland, noch eine gute Strecke über das von Wiesen umsäumte Dörfchen Kandergrund hinaus, steht eine kleine, einsame Hütte, von einem alten Tannenbaum überschattet. Nicht weit davon stürzt von der bewaldeten Felsenhöhe der Wildbach nieder, der bei großen Regengüssen so viel Felsgestein und Geröll mit fortschwemmt, daß, wenn die Güsse vorüber sind, eine wüste Steinmasse bleibt, von einem raschen, aber klaren Wasser durchflossen. Darum heißt die kleine Behausung in der Nähe dieses Baches die Steinhütte.

Hier wohnte der brave Tagelöhner Toni, der auf allen Bauernhöfen, wohin er auf Arbeit ging, wohl gelitten war, denn er war still und fleißig, pünktlich in der Arbeit und zuverlässig in seinem ganzen Wesen.

In seinem Hüttchen daheim hatte er eine junge Frau und ein Büblein, das die Freude der beiden war. Am Hüttchen in dem kleinen Stall stand die Geiß, von deren Milch Mutter und Kind sich ernährten, während der Vater die ganze Woche hindurch auf den Bauernhöfen, wo er vom Morgen bis zum Abend arbeitete, seine Kost erhielt. Nur den Sonntag brachte er daheim mit seiner Frau und dem kleinen Toni zu. Frau Elsbeth hielt ihr Häuschen in guter Ordnung; war es auch eng und klein, so sah es doch immer so sauber und aufgeräumt aus, daß jeder gern in das sonnige Stübchen eintrat, und dem Vater Toni war es nirgends so wohl, wie daheim im Steinhüttchen mit seinem kleinen Buben auf dem Knie.

Fünf Jahre hatten die Leute so in Eintracht und ungestörtem Frieden gelebt. Hatten sie auch keinen Ueber=

fluß und wenig irdische Güter, so waren sie doch glücklich und zufrieden. Der Mann verdiente so viel, daß sie keinen Mangel litten, und mehr als ihren einfachen Unterhalt begehrten sie nicht, denn sie hatten einander lieb,

und ihre größte Freude war der kleine Toni. Das Büblein wuchs frisch und gesund heran und erfreute mit seiner Fröhlichkeit des Vaters Herz, wenn dieser sonntags daheimbleiben konnte, und versüßte der Mutter alle Arbeit in den Wochentagen, wenn der Vater bis spät am

Abend fortblieb. Der kleine Toni war nun vier Jahre alt und wußte schon bei allerlei kleinen Arbeiten behilflich zu sein, im Häuschen und im Geißenstall und auch im kleinen Acker hinter der Hütte. Vom Morgen bis zum Abend trippelte er hinter der Mutter her, denn es war ihm so wohl wie den kleinen Vögeln in der alten Tanne droben. Kam der Samstagabend, so scheuerte und putzte die Mutter doppelt eifrig, um bald fertig zu werden, denn an dem Tage hatte der Vater früher als sonst Feierabend, und sie ging ihm dann, den kleinen Toni an der Hand, immer ein Stück entgegen. Das machte dem Kleinen eine besondere Freude; er wußte nun auch schon genau, wie eine Arbeit der andern in der Wirtschaft folgte. Fing die Mutter zu scheuern an, so sprang er schon vor Freude in der Stube umher und rief einmal ums andere: „Jetzt gehen wir zum Vater! Jetzt gehen wir zum Vater!" bis der Augenblick kam, und die Mutter ihn bei der Hand nahm und mit ihm auszog.

So war im schönen Maimonat wieder ein Samstagabend gekommen. Draußen sangen die Vögel im Baum lustig zum blauen Himmel empor, drinnen scheuerte die Mutter emsig, daß sie bald in den goldenen Abend hin=

auskomme, und zwischendurch, bald draußen, bald drinnen, hüpfte der kleine Toni umher und jauchzte: „Jetzt gehen wir zum Vater!" Es währte auch nicht lange, so war die Arbeit fertig. Die Mutter legte ihr Tuch um, band die gute Schürze vor und trat aus der Hütte. Der Toni sprang vor Freude in die Höhe und dreimal um die Mutter herum, dann faßte er ihre Hand und jubelte noch einmal: „Jetzt gehen wir zum Vater!" Dann trippelte er neben der Mutter her in den sonnigen, lieblichen Abend hinaus. Sie wanderten dem Wildbach zu über den hölzernen Steg, der darüber führt, und kamen auf dem schmalen Fußweg, der durch die blumenreichen Wiesen sich hinaufschlängelt, bis zum Mattenhof, wo der Vater arbeitete.

Jetzt fielen von der untergehenden Sonne die letzten Strahlen über die Wiesen hin, und vom Kandergrund herauf ertönte die Abendglocke.

Die Mutter stand still und faltete die Hände.

„Leg deine Hände zusammen, Toneli", sagte sie, „es ist die Betglocke."

Der Kleine gehorchte.

„Was muß ich beten, Mutter?" fragte er dann.

„Gib uns und allen Müden einen seligen Sonntag! Amen!" sprach andächtig die Mutter.

Toneli betete dasselbe. Plötzlich schrie er: „Der Vater kommt!"

Vom Mattenhof herunter kam einer gelaufen, so schnell er konnte.

„Das ist nicht der Vater", sagte die Mutter, und beide gingen dem Laufenden entgegen. Als sie einander erreicht, stand der Mann still und sagte keuchend: „Geht nicht weiter, kehrt um, Elsbeth, ich wollte gerade zu euch, es hat etwas gegeben."

„Ach, du mein Gott!" rief die Frau in höchster Angst aus; „ist's etwas mit dem Toni?"

„Ja, er war beim Holzfällen mit, und da ist er getroffen worden; sie haben ihn heimgebracht, er liegt oben im Mattenhof — aber geht nicht hinauf", fügte er hinzu und hielt die Elsbeth fest, die gleich fort wollte, sobald sie die Nachricht vernommen hatte.

„Nicht hinauf?" sagte sie rasch, „ich muß doch zu ihm, ich muß ihm helfen und sehen, daß sie ihn heimbringen."

„Ihr könnt nichts helfen, er ist — er ist schon tot", brachte der Bote jetzt mit unsicherer Stimme hervor.

Dann kehrte er um und lief wieder zurück, froh, seinen Auftrag vom Herzen zu haben.

Die Frau Elsbeth war auf den Stein am Weg niedergesunken, unfähig, weder zu stehen noch zu gehen. Sie hielt ihre Schürze vor das Gesicht und brach in ein Weinen und Schluchzen aus, daß es dem Toneli angst und bange wurde; er schmiegte sich ganz nah' an die Mutter und begann auch zu weinen.

Es war schon dunkel, als Elsbeth sich endlich wieder fassen und an ihr Kind denken konnte. Der Kleine saß noch neben ihr auf dem Boden, hatte beide kleinen Hände in die Augen gedrückt und wimmerte kläglich. Die Mutter zog ihn in die Höhe.

"Komm, Toneli, wir müssen heim, es ist spät", sagte sie und nahm ihn bei der Hand.

Aber er widerstrebte.

"Nein, nein, wir müssen noch auf den Vater warten!" sagte er und zog die Mutter zurück.

Sie konnte wieder die Thränen nicht zurückhalten. "Ach, Toneli, der Vater kommt nicht mehr", sagte sie mit unterdrücktem Schluchzen; "er feiert jetzt schon den seligen Sonntag, den wir für die Müden erbeten haben. Sieh, der liebe Gott hat ihn in den Himmel genommen;

da hat er's jetzt so schön, daß er am liebsten dort bleibt."

"Dann wollen wir auch gehen", meinte Toneli und machte sich gleich auf den Weg.

"Ja, ja, wir kommen dann auch hin", versprach die Mutter; "aber jetzt müssen wir zuerst noch heim ins Steinhüttchen", und schweigend ging sie mit dem Kleinen nach der stillen Hütte zurück.

Der Mattenhofbauer ließ der Elsbeth am andern Tage sagen, er wolle alles besorgen, was für ihren Mann noch gethan werden müsse, sie sollte dann nur zum Begräbnis kommen, vorher nicht, denn sie würde ihren Mann nicht mehr erkennen. Er schickte ihr auch ein Stücklein Geld, damit sie für die nächste Zeit nicht zu große Sorge habe, und versprach, auch später an sie denken zu wollen. Elsbeth that, wie er ihr riet; sie blieb daheim, bis unten in Kandergrund die Glocken ertönten, die zum Begräbnis riefen. Dann ging sie, ihren Mann zu seiner Ruhestätte zu begleiten. —

Es kamen traurige und schwere Tage für die Elsbeth; ihr braver, guter Mann fehlte ihr überall, sie fühlte sich ganz verlassen ohne ihn.. Dazu kamen nun die Sorgen, die sie bis jetzt wenig gekannt, da ihr Mann täglich seinen guten Verdienst gehabt hatte. Jetzt aber meinte sie zuweilen, sie müsse fast verzagen. Sie hatte nichts als ihre Geiß und das Kartoffeläckerchen hinter der Hütte: daraus mußte sie sich und den Kleinen ernähren und kleiden und dazu den Zins für das kleine Haus zusammenbringen.

Die Elsbeth hatte nur e i n e n Trost, aber einen solchen, der sie immer wieder aufrichtete, wenn Schmerz und Sorgen sie erdrücken wollten: sie konnte beten, und wenn auch manchmal unter Thränen, doch immer mit der festen Zuversicht, daß der liebe Gott auf ihr Flehen höre.

Hatte sie am Abend ihren kleinen Toni in sein Bettchen gelegt, so kniete sie bei ihm nieder und betete laut ihr altes Lied, das ihr jetzt so tief aus dem Herzen kam, wie nie zuvor:

,,Ach lieber Gott, ach Vaterherz,
Mein Trost von so viel Jahren,
Wie läßt Du mich so manchen Schmerz
Und große Angst erfahren!

Ach, Herr, wie lange willst Du mein
So ganz und gar vergessen?
Wie lange soll ich traurig sein,
Mein Brot mit Thränen essen?

Nach Dir, o Herr, verlanget mich
Im Jammer dieser Erden;

Mein Gott, ich harr' und hoff' auf Dich,
Laß nicht zu Schanden werden,

Herr, Deine Magd, daß unverzagt
Ich trage, was Du schickest,
Bis Du mein Schrei'n vom Himmel Dein
Erhörst und mich erquickest!"

Und unter dem bringenden Flehen flossen der Mutter reichlich die Thränen, und der kleine Toni wurde tief in seinem Herzen bewegt von der Mutter Weinen und innigem Gebet, hielt fest seine Hände gefaltet und weinte leise mit.

So ging die Zeit hin.' Elsbeth kämpfte sich durch, und der kleine Toni konnte ihr schon in mancherlei Geschäften behilflich sein, denn er war nun sieben Jahre alt geworden. Er war der Mutter einzige Freude; und Freude konnte sie an ihm haben, denn er war folgsam und willig zu allem, was sie von ihm haben wollte. Er war so ganz unzertrennlich immer mit seiner Mutter gewesen, daß er genau wußte, wie die Geschäfte des Tages gethan sein mußten, und er begehrte nichts mehr, als der Mutter zu helfen, wo er konnte. Arbeitete sie im Aeckerchen, so kauerte er neben ihr, rupfte das Unkraut aus und warf die Steine auf den Weg hinüber. Holte die

Mutter die Geiß aus dem Stalle, damit sie das Gras um die Hütte her abweiden könne, so ging er Schritt vor Schritt mit ihr, denn die Mutter hatte ihm gesagt, er müsse sie hüten, damit sich nicht fortlaufe. Saß die Mutter im Winter an ihrem Spinnrad, so saß er die ganze Zeit neben ihr und flocht aus festen Tuchstreifen seine Winterschuhe, wie die Mutter es ihn gelehrt. Er hatte keinen größeren Wunsch, als seine Mutter froh und zufrieden zu sehen; sein größtes Glück aber war, wenn wieder der Sonntag kam, und die Mutter von aller Arbeit ruhte, mit ihm auf der kleinen hölzernen Bank vor dem Hüttchen saß, ihm vom Vater erzählte, und er sonst allerlei Gespräche mit ihr führen konnte.

Nun aber war die Zeit gekommen, da Toni zur Schule mußte. Es kam ihm sehr hart an, von seiner Mutter wegzugehen und so lange von ihr fortzubleiben. Der weite Weg nach Kandergrund hinunter und wieder herauf kostete schon viel Zeit; so daß den Tag durch der Toni nun fast nie mehr mit seiner Mutter zusammen war, nur noch am Abend. Er kam zwar immer so schnell nach Hause, daß sie es fast nicht begreifen konnte, denn er freute sich schon den ganzen Tag darauf, wieder daheim zu sein. Mit den Schulgenossen verlor er keine Zeit, sondern lief gleich von ihnen weg, sobald die Schule zu Ende war. Er war nicht an die Art der anderen Buben gewöhnt, da er ja stets ganz allein, nur mit der still arbeitenden Mutter gewesen und gewohnt war, ohne Lärm immerfort bei einer bestimmten Beschäftigung zu sein.

So war es ihm ganz fremd, und er hatte keine Freude daran, wenn die Buben beim Heraustreten aus dem Schulhause ein großes Geschrei erhoben, einer dem andern nachliefen, probierten, welcher der Stärkere sei, und einander zu Boden warfen, oder sich so umherbalgten, daß die Kappen weit wegflogen, und die Kittel halb durchgerissen wurden. Oft riefen ihm diese Kämpfer zu: „Komm und mach mit!" Und wenn er dann davonlief, riefen sie ihm nach: „Du bist ein Duckmäuser!" Aber das machte ihm wenig, er hörte es nicht lange, denn er lief aus allen Kräften, um wieder daheim bei der Mutter zu sein.

Jetzt war ihm in der Schule ein neues Interesse aufgegangen: er hatte auf weißen Tafeln schöne Tiere abgebildet gesehen, welche die Kinder der oberen Klasse nachzeichneten. Schnell probierte er das auch mit seinem Bleistift, und daheim fuhr er dann fort, die Tiere wieder und wieder zu zeichnen, so lang er noch ein Stücklein

Papier hatte. Dann schnitt er die Tiere aus und wollte sie auf den Tisch stellen, aber das ging nicht. Da kam er plötzlich auf den Gedanken, daß, wenn sie von Holz wären, sie gewiß stehen könnten. Er fing schnell an, mit seinem Messer an einem Holzstückchen herumzuschneiden, bis ein Leib und vier Beine da waren; aber zu einem Hals und dem Kopf darauf reichte das Holz nicht, er mußte ein anderes Stück nehmen und von Anfang an berechnen, wie hoch es sein, und wo der Kopf sitzen müsse. So schnitzte der Toni mit vieler Ausdauer immer zu, bis er etwas wie eine Geiß zurechtgebracht hatte und es nun mit großer Befriedigung der Mutter zeigen konnte. Sie war sehr erfreut über seine Geschicklichkeit und sagte: „Du wirst gewiß einmal ein Holzschnitzer und ein recht guter." — Von der Zeit an schaute Toni alle Stückchen Holz, die auf seinen Weg kamen, darauf an, ob sie gut zum Schnitzen wären, und fand er das, so packte er sie schnell ein, so daß er manchmal alle Taschen voller Holzstücke heimbrachte, diese dann wie Schätze auf ein Häufchen sammelte und in jeder freien Minute wieder zu schnitzen anfing.

So vergingen die Jahre. Hatte Elsbeth noch immer vielerlei Sorgen, so erlebte sie doch an ihrem Toni nur

Freude. Er hing an ihr mit immer gleicher Liebe, half ihr in allem, so gut er nur konnte, und lebte daneben ganz und gar seiner stillen Beschäftigung, in der er es nach und nach zu einer ganz erfreulichen Geschicklichkeit brachte. Dem Toni war es auch nirgends so wohl, als wenn er im Steinhüttchen bei seiner Schnitzerei saß, und die Mutter froh und geschäftig bald hinausging, bald hereinkam, ihm immer wieder ein freundliches Wort sagte und zuletzt sich neben ihn an ihr Spinnrad setzte.

Kapitel 2. Ein schwerer Spruch.

Toni war schon im Winter zwölf Jahre alt geworden; er hatte nun die Schule hinter sich, und die Zeit war gekommen, da man sich nach einer Arbeit für ihn umsehen konnte, die ihm etwas eintrug, und bei welcher er lernen konnte, was ihm für die kommenden Jahre nötig war. Der Frühling war da, und auf den Feldern hatte die Arbeit begonnen. Die Mutter meinte, es sei am besten, wenn sie den Mattenhofbauer frage, ob er etwas leichte Arbeit für den Toni hätte, aber jedesmal, wenn sie davon anfing, bat er dringend: „Ach Mutter, thu's doch nicht, laß mich doch ein Holzschnitzer werden!"

Dagegen hätte sie nun nichts gehabt, aber sie wußte keinen Weg, wie das zu machen sei, und den Bauer oben auf dem Mattenhof kannte sie ja von ihrem Manne her, er hatte ihr auch seit dessen Tode von Zeit zu Zeit ein wenig Holz oder Mehl geschickt. Sie hoffte, daß er den Toni erst für leichtere Dienste auf dem Felde verwenden würde, so daß dieser nach und nach die schwerere Arbeit erlerne. So sagte sie noch einmal, als sie am Samstagabend nach vollendetem Tagewerk mit dem Toni an ihrem spärlichen Abendessen saß:

„Toni, nun müssen wir einen Schritt thun; ich meine, es wäre das Beste, wenn ich morgen nach dem Mattenhof hinaufginge."

„Ach Mutter, thu das nur nicht!" bat Toni gleich flehentlich, „geh' nur nicht zu dem Bauern! Laß mich nur ein Holzschnitzer werden, ich will auch gewiß so fleißig sein, daß ich genug verdiene, und du nicht mehr so angestrengt arbeiten mußt, und dann kann ich bei dir daheim bleiben; sonst müßtest du ja ganz allein sein, und ich kann es auch nicht aushalten, wenn ich immer fort sein muß. Laß mich bei dir, schick' mich nicht fort, Mutter!"

„Ach, du guter Toni," sagte die Mutter, „was wollte ich dafür geben, daß ich dich immer bei mir behalten

könnte! Aber es wird ja nicht sein können. Zum Holz=
schnitzen weiß ich keinen Weg, es müßte dir's ja jemand
zeigen; und wenn du's auch könntest, wie wollten wir
denn die Sachen verkaufen? Da muß man Leute kennen
und herumkommen, sonst bringt die Arbeit keinen Ver=
dienst ein. Wenn ich nur mit jemand reden könnte, der
mir einen guten Rat gäbe."

„Kennst du gar niemand, Mutter, den man fragen
könnte?" sagte Toni ängstlich und grübelte nach. Auch
die Mutter besann sich.

„Ich meine, ich will zum Herrn Pfarrer gehn, der
gibt mir schon einen Rat," sagte die Mutter, selbst er=
freut über den Ausweg, den sie gefunden.

Toni war ganz glücklich, und nun wurde gleich ausge=
macht, daß sie früh am Morgen hinunter zur Kirche gin=
gen, dann wollte die Mutter zum Herrn Pfarrer hinein=
gehen, und der Toni draußen auf sie warten. Es geschah.
Die Mutter hatte von den geschnitzten kleinen Tieren
zwei in die Tasche gesteckt, um sie dem Herrn Pfarrer
als Beweis der guten Anlagen ihres Jungen zu zeigen.
Der Pfarrer empfing sie sehr freundlich; sie mußte sich
neben ihn setzen, und er fragte teilnehmend nach ihrem
Anliegen, denn er kannte die Elsbeth und wußte, wie

brav sie sich durch alle schweren Tage geholfen hatte.
Sie erzählte ihm nun die ganze Sache, wie Toni von
früh auf sich so gern mit Schnitzen beschäftigt habe und
nun nichts sehnlicher wünsche, als diese Arbeit zu treiben,
wie sie aber keinen Weg zum Erlernen wisse und auch
nicht, wie nachher die Arbeiten verkauft werden könnten.
Zuletzt zeigte sie die beiden Tierlein als Beweis von
Tonis Geschicklichkeit. Der Herr Pfarrer stellte nun der
Frau vor, daß die Sache schwer auszuführen sei. Wären
auch die zwei Geißlein gar nicht übel geschnitzt, so müßte
doch Toni, um wirklich etwas Rechtes zu leisten und sein
Brot damit zu verdienen, erst bei einem guten Schnitzer
lernen, denn nur kleine Tierlein und Schächtelchen ver=
fertigen, das sei nichts, bringe auch nichts ein, er würde
nur seine Zeit damit verlieren. Es sei aber unten im
Dorfe Frutigen ein sehr geschickter, weit bekannter Holz=
schnitzer, der mache prächtige, große Arbeiten, die weit in
der Welt bis nach Amerika hinüberkämen. Der schneide
ganze Tiergruppen auf hohen Felsen aus, Gemsen und
Adler und ganze Alpen mit dem Senn und den Kühen.
Mit diesem Schnitzer möge Elsbeth reden. Würde der
Toni bei ihm lernen, so könnte er ihm dann auch zum

Absatz der fertigen Arbeiten verhelfen, er habe genug Wege dazu offen.

Die Elsbeth verließ mit Dank und neuer Hoffnung im Herzen den Herrn Pfarrer. Vor dem Hause wartete Toni in großer Spannung. Sogleich mußte sie alles berichten, was der Herr Pfarrer gesagt, und als sie zuletzt von dem Schnitzer in Frutigen erzählte, stand der Toni plötzlich still und bat: „So komm doch, Mutter, wir wollen gleich auf der Stelle hingehn."

Daran hatte aber die Mutter gar nicht gedacht; sie machte Einwendungen, doch der Toni bat so eindringlich, daß sie endlich sagte: „Heim müssen wir noch und etwas essen, der Weg ist zu weit; aber wir können das geschwind abthun und dann gleich wieder fortgehen." So wanderten sie eilends dem Hüttchen zu, nahmen ein wenig Milch und Brot und machten sich gleich wieder auf den Weg. Sie hatten mehrere Stunden zu gehen, aber Toni war so mit den Plänen und Gedanken für die Zukunft beschäftigt, daß ihm die Zeit verflog wie ein Traum, und er ganz erstaunt aufschaute, als die Mutter sagte: „Sieh, dort ist der Kirchturm von Frutigen!"

Bald standen sie vor dem Hause des Holzschnitzers und

hörten von den Kindern vor der Thür, daß der Vater daheim sei.

Drinnen in der großen, getäfelten Stube saß der Schnitzer mit seiner Frau am Tisch und schaute mit ihr aus einem großen Buche schöne gemalte Tierbilder an, das konnte er für sein Handwerk gut gebrauchen. Als die beiden eintraten, hieß er sie willkommen und lud sie ein, Platz auf der hölzernen Bank zu nehmen, auf der er selbst mit seiner Frau saß, und die längs der Wand um die ganze Stube ging. Elsbeth folgte der Einladung und begann gleich dem Schnitzer zu berichten, weshalb sie gekommen sei, und was sie gern von ihm wüßte.

Derweilen stand der Toni wie an den Boden gewurzelt da, und seine Augen starrten unbeweglich auf e i n e n Punkt. Vor ihm an der Wand stand ein Glasschrank; darin waren, aus Holz geschnitten, zwei hohe Felsblöcke zu sehen. Auf dem einen stand eine Gemse mit ihren Jungen; die hatten so zierliche, schlanke Beinchen, und die feinen Köpfe saßen so natürlich auf den Hälsen, daß es war, als sei alles in Bewegung an ihnen und nichts aus Holz geschnitzt. Auf dem andern Felsblock stand ein Jäger, die Flinte hing an seiner Seite, der Hut, sogar mit einer Feder daran, saß auf dem Kopfe, alles so fein geschnitzt, daß man meinte, es müsse ein wirklicher Hut und eine wirkliche, kleine Feder sein, und doch war alles von Holz.

Neben dem Jäger stand der Hund, und es war nicht anders, als wedelte er gerade mit dem Schwanze. Toni war wie verzaubert; er bewegte sich nicht und holte kaum Atem.

Als die Mutter ausgeredet hatte, sagte der Schnitzer, sie schiene sich die Sache leichter zu denken, als sie sei. Wenn etwas Rechtes geleistet werden solle, so koste das Lernen viel Zeit und Mühe. Doch wäre er nicht abgeneigt, den Buben zu übernehmen, es schiene ihm, als habe er Lust zu der Sache; er müsse aber ein paar Monate gegen ein Kostgeld in Frutigen bleiben und außerdem ein Lehrgeld zahlen, etwa eben so viel wie das Kostgeld, und die Frau müsse selbst wissen, ob sie so viel an den Buben wagen könne. Er wolle dagegen versprechen, daß der Bub' etwas Rechtes lerne, sie möge dort im Kasten sehen, was er ihn lehren könne.

Die Elsbeth konnte vor Leid und Schrecken zuerst kein Wort antworten. Nun mußte sie, daß es eine völlige Unmöglichkeit sei, ihres Buben höchsten Wunsch zu erfüllen. Das notwendige Kost- und Lehrgeld überstieg alles, was sie erschwingen konnte, so weit, daß die Frage ganz entschieden war; es war alles aus mit Tonis Plänen.

Sie stand auf und dankte dem Schnitzer für seine Bereitwilligkeit, den Buben zu nehmen, sie müsse aber darauf verzichten. Dann winkte sie dem Toni; dessen Blicke waren aber immer noch so unbeweglich auf den Schrank gerichtet, daß er nichts bemerkte. Sie nahm ihn bei der Hand und zog ihn leise mit sich zur Thür hinaus.

Draußen sagte Toni mit einem tiefen Atemzuge: „Hast du's gesehn im Schrank? Mutter, hast du's gesehn?"

„Ja, ja, ich hab' es schon gesehen, Toni," entgegnete die Mutter seufzend, „aber hast du gehört, was der Schnitzer sagte?"

Toni aber hatte nichts gehört, alle seine Sinnen waren auf e i n e n Punkt gerichtet gewesen.

„Nein, ich habe nichts gehört; wann kann ich gehn?" fragte er verlangend.

„Ach, es ist nicht möglich, Toni, nimm's nur nicht so gar zu Herzen! sieh', ich kann's nicht machen, ich thäte es ja so gern," versicherte die Mutter, „aber es käme alles miteinander höher als ein ganzer Jahreszins, und du weißt es, wie hart ich arbeiten muß, um den jährlich zu erschwingen."

Es war ein harter Schlag für den Toni; die ganze Hoffnung vieler Jahre lag vernichtet vor ihm; aber er wußte, wie seine Mutter arbeitete, wie wenig Gutes sie sich gönnte, und wie sie immer noch darauf sann, ihm, wo sie konnte, eine kleine Freude zu machen. Er sagte auch kein Wort, schluckte nur ganz still seine aufsteigenden Thränen herunter und war jetzt erst recht betrübt, daß alle Hoffnung dahin war, denn zum erstenmale hatte er gesehen, welche wundervollen Sachen man aus einem Stück Holz zu schaffen im stande sei.

Kapitel 3. Oben in den Bergen.

Am andern Morgen ließ der Mattenhofbauer der Elsbeth sagen, sie solle gegen Abend zu ihm heraufkommen, er habe mit ihr zu reden. Zur rechten Zeit legte sie ihre Hacke weg, band die saubere Schürze um und sagte: „Mach' noch fertig, Toni, mit dem Aufhacken, dann kannst du die Geiß melken und ihr ein wenig frische Streu geben, daß sie besser liegt; bis dahin komme ich wieder."

Sie ging zum Mattenhof hinauf. Der Bauer stand unter dem offenen Scheunenthor und schaute mit vergnügtem Gesicht nach seinen schönen Kühen, die in langer Reihe zum Brunnen wanderten. Elsbeth trat zu ihm. — „So, es ist recht, daß ihr kommt," sagte er, ihr die Hand hinhaltend, „ich habe an euch gedacht um des Buben willen; der ist jetzt in dem Alter, etwas leichte Arbeit übernehmen und euch ein wenig helfen zu können, wenigstens sich selbst durchzubringen."

„Auch ich habe schon daran gedacht," entgegnete Elsbeth, „und wollte euch fragen, ob ihr ihn zu kleinen Arbeiten auf dem Felde brauchen könntet?"

„Das trifft sich gut," sprach der Mattenhofbauer, „ich hab ein Pöstlein für ihn, gesund und wenig Mühe, so zu sagen gar keine. Er kann auf die kleinere Alp mit den Kühen, auf der großen ist der Senn mit seinen Buben, und ein Knecht kommt alle Morgen und Abend herüber zum Melken, so ist der Bub' ja nicht ganz allein und hat nichts zu thun, als die Kühe zu hüten, daß keine sich verläuft, daß sie sich nicht mit den Hörnern stoßen oder sonst etwas Ungeschicktes thun. Dabei sitzt er auf der Alp, ist allein Meister und bekommt Milch, so viel er will; besser kann es kein König haben."

Die Elsbeth war ein wenig erschreckt über das Anerbieten. Wenn der Toni bisher schon mehr unter die Knechte gekommen und beim Vieh gewesen wäre, oder wenn er von Natur eine andere Art gehabt hätte, wilder und mehr zum Hin= und Herfahren und Kommandieren geneigt, — aber so still und schüchtern wie er war, und dazu ohne Kenntnis der Sache zum erstenmal gleich ganz allein für mehrere Monate von daheim fort auf eine Alp hinauf zu kommen, einer Herde Kühe zu wehren, das kam ihr fast zu schwer vor für den Toni. Wie wäre der arme Bube, der gar nicht besonders kräftig war, verlassen, wenn ihm oder der Herde etwas zustieße. Sie sprach dem Bauer alle ihre Bedenken aus; aber er ließ nichts gelten, er meinte, gerade für den Buben sei es gut, daß er einmal hinauskomme, oben auf der Alp werde er auch kräftiger als daheim werden, und begegnen könne ihm nichts; man gebe ihm ein Horn mit, und sollte einmal etwas Unrichtiges vorfallen, dann blase er tüchtig, und auf der Stelle komme der Knecht von der andern Alp herüber; in einer guten halben Stunde sei er da.

Elsbeth dachte zuletzt, der Bauer verstände es wohl besser als sie, und so wurde ausgemacht, nächste Woche, wenn die Kühe nach der Alp hinaufziehen, geht der Toni

mit. „Er soll ein gutes Stücklein Geld und einen neuen
Anzug haben, wenn er herunterkommt; das thut auch
euch gut für den Winter," sagte schließlich der Bauer.

Die Elsbeth nahm dankend Abschied und kehrte heim.

Toni wollte zuerst widerstreben, als er hörte, daß er
für so lange fort sollte, ohne nur ein einziges Mal zwi=
schendurch heimkommen zu können; aber die Mutter
stellte ihm vor, wie leicht der Dienst sei, daß er dro=
ben recht kräftig werde und dadurch später bessere Ar=
beit bekomme, und der Mattenhofbauer wolle ihm einen
neuen Anzug und ein Stück Geld als Lohn geben. Da
widerstand Toni nicht mehr, und die Sache war er=
ledigt.

Jetzt kam der Elsbeth auch in den Sinn, wenn Toni
den ganzen Sommer fort sei, so könne sie ja vielleicht
nach Interlaken in eines der großen Gasthäuser, wo den
Sommer über so viele Fremde sind; da könne sie ein
gutes Stück Geld verdienen und dem kommenden Win=
ter einmal ohne Sorgen entgegen gehen. In Interlaken
war sie schon bekannt, denn sie hatte vor ihrer Verhei=
ratung mehrere Sommer in einem Gasthause als Zim=
mermädchen gedient.

Als nun der Tag kam, wo die große Schar der Kühe

auf die Alp ziehen sollte, da übergab die Mutter dem Toni sein Bündelchen und sagte: "So geh' nun in Gottes Namen! vergiß nicht zu beten, wenn der Tag anfängt, und wenn er ausgeht, so wird dich der liebe Gott auch nicht vergessen, und Sein Schutz ist besser als Menschenschutz."

So zog der Knabe mit seinem Bündelchen hinter der Herde zur Alp hinauf.

Gleich darauf schloß Elsbeth ihre Hütte. Die Geiß brachte sie auf den Mattenhof. Als der Bauer vernommen, daß sie nach Interlaken gehe, hatte er ihr versprochen, die Geiß zu nehmen und gemeint, wenn Elsbeth wieder heimkomme, werde sie ihr doppelt so viel Milch geben, und was er davon gewinne, das solle die Elsbeth an Käse wiederbekommen. Nun ging sie hinunter nach Interlaken.

Die Herde war schon einige Stunden lang in die Höhe gestiegen. Der Sepp schwenkte mit der großen Schar links ab, und der Knecht stieg mit Toni rechts hinan, von der viel kleineren Schar junger Rinder gefolgt, denn viele Kühe konnte man auf der kleinen Alp nicht haben, weil die Milch auf die große hinübergetragen werden mußte, wo die Sennhütte stand.

Jetzt waren sie auf dem höchsten Punkt der Alp angekommen. Da stand eine kleine Hütte; ringsum war gar nichts als Weide, kein Baum, kein Strauch. In der Hütte war auf der einen Seite eine kleine Bank an der Wand festgenagelt, davor stand ein Tisch; auf der andern Seite war ein Heulager errichtet; in der Ecke stand noch ein kleines, rundes Stühlchen und auf diesem ein hölzerner Krug. Toni und der Knecht waren hineingetreten. Dieser stellte das große, hölzerne Milchgefäß, das er auf dem Rücken hinaufgetragen hatte, auf den Boden, langte daraus ein rundes Brot und ein ungeheures Stück Käse hervor, legte beides auf den Tisch und sagte: „Ein Messer wirst du haben." Toni bejahte es. Jetzt erfaßte der Knecht den hölzernen Krug, schwang das große Milchgefäß wieder auf den Rücken und ging hinaus. Toni folgte ihm. Der Knecht hob einen hölzernen Eimer hervor, setzte sich auf das kleine, runde Stühlchen, das er aus der Hütte genommen und fing an, eine Kuh nach der andern zu melken. War eine zu weit weg, so rief er: „Treib sie her!" und Toni gehorchte. War der Eimer angefüllt, so goß er die Milch in das große Gefäß, und schweigend fuhr er so fort, bis alle Kühe gemolken waren. Zum Schluß füllte der Knecht noch den

Krug mit Milch, streckte ihn dem Toni hin, nahm das Gefäß auf den Rücken, den Eimer in die Hand und sagte: „Gut' Nacht!" Damit ging er die Alp hinunter.

Jetzt war Toni allein. Er stellte seinen Milchkrug in die Hütte hinein und kam wieder heraus. Er schaute ringsum nach allen Seiten. Drüben sah er die große Alp mit der Sennhütte, aber zwischen derselben und seiner Alp war ein weites Thal, da mußte man erst hinunter, um zur großen hinauf zu steigen. Ringsum aber um beide Alpen schauten große, dunkle Bergmassen nieder, die einen felsig, grau und zerklüftet, die andern mit Schnee bedeckt, alle zum Himmel aufragend, so hoch und gewaltig und mit so verschiedenen Zacken und Hörnern und Rücken, daß es dem Toni fast vorkam, als seien es ungeheure Riesen, von denen jeder sein eignes Gesicht habe und auf ihn niederschaue. Aber es war ein heller Abend; die Alp drüben hatte eben noch golden im Abendschein geglänzt, und jetzt kam ein Sternlein über den dunkeln Bergen zum Vorschein und schaute so freundlich zu Toni nieder, daß es ihm ganz wohl that. Er dachte an die Mutter, wo sie jetzt wohl sei, und wie er sonst um diese Zeit noch mit ihr vor dem Hüttchen gestanden, und sie so freundlich zu ihm geredet hatte. Da

überkam ihn mit einem Mal so das Gefühl der Einsam=
keit, daß er in die Hütte lief, sich auf sein Lager warf,
sein Gesicht in das Heu drückte und leise schluchzte, bis
die Müdigkeit des Tages ihn übermannte, und er ein=
schlief.

Der helle Morgen lockte ihn früh hinaus. Schon war
der Knecht draußen, melkte die Kühe, sagte kein Wort
und ging wieder.

Nun folgte ein langer, langer Tag. Es war völlig
still ringsum; die Kühe grasten oder lagen umher auf
der sonnebeschienenen Weide. Toni ging ein paarmal
in die Hütte hinein, trank von seiner Milch und aß von
dem Brot und Käse; dann kam er wieder heraus, setzte
sich auf den Boden hin und schnitzte an den Holzstücken
herum, die er in seine Tasche gesteckt hatte; denn war
auch keine Hoffnung mehr, ein Holzschnitzer werden zu
dürfen, so konnte er es doch nicht lassen, für sich zu
schnitzen, so gut er es vermochte. Endlich wurde es wie=
der Abend; der Knecht kam und ging schweigend, und
auch das einsame Kind hatte ihm nichts zu sagen.

So verging ein Tag wie der andere; sie waren alle
so lang! so lang! Wenn es abends anfing dunkel zu
werden, wurde es dem Toni immer unheimlich, dann

schauten die hohen Berge so schwarz und drohend aus, als könnten sie ihm auf einmal etwas anthun. Dann zog er sich eilends in die Hütte zurück und verkroch sich in seinem Heulager. Viele Tage waren schon hingegangen, einer wie der andere; immer hatte die Sonne am wolkenlosen Himmel geschienen, immer war abends das freundliche Sternlein über dem dunkeln Berge erschienen. Aber eines Nachmittags fingen dicke, graue Wolken an, über den Himmel hinzujagen, hie und da zuckten blendende Blitze, und auf einmal ertönten furchtbare Donnerschläge, die krachend von den Bergen wiederhallten, als wären es doppelt so viele, und nun brach ein schreckliches Unwetter los. Es wurde völlig Nacht, der Regen peitschte gegen die Hütte, dazwischen rollten die Donner mit fürchterlichem Wiederhall durch die Berge; zuckende Blitze erhellten schwarze, schreckliche Riesengestalten, die ganz gespenstisch näher zu kommen schienen und immer drohender herunterschauten. Die Rinder liefen angstvoll und laut brüllend durcheinander, und auch die Raubvögel flatterten mit durchbringendem Gekrächze umher.

Toni war längst in die Hütte geflohen, aber die Blitze erhellten ihm auch da die furchtbaren Gestalten, und di

rollenden Donner schienen alle Augenblicke die Hütte in
den Erdboden hineinschlagen zu wollen; Toni konnte
vor Angst kaum noch atmen. Er klammerte sich an den
Tisch und erwartete so jeden Augenblick, daß die Hütte
zusammenschlagen und ihn zerschmettern würde. Stun=
denlang dauerte das Gewitter, der Knecht kam nicht her=
über. Es wurde nun wirklich Nacht, aber immer noch
zuckten die blendenden Blitze, immer wieder rollten neue
Donnerschläge, und um die Hütte heulte und toste der
Sturm, als müßte sie fortgefegt werden.

Toni stand die halbe Nacht starr vor Schrecken an den
Tisch geklammert da, er hatte keine Gedanken mehr, nur
das Gefühl einer furchtbaren Gewalt, die alles zer=
schmettere. Wie er auf sein Lager gekommen war,
wußte er nicht; am Morgen lag er quer über das Heu
hingestreckt, so zerschlagen, daß er sich kaum erheben
konnte. Angstvoll schaute er aus dem Fenster, dann
ging er hinaus, um nach den Kühen zu sehen. Der
Boden war noch naß, die Tiere grasten aber ruhig. Der
Himmel war grau, und dicke, schwarze Wolken zogen
darüber. Finster und schrecklich anzusehen standen die
hohen Berge da, sie waren so nahe herangekommen und

schauten den Toni immer drohender an;' er lief in die Hütte zurück.

Es folgten viele Gewittertage nacheinander, und kam zwischendurch einmal wieder die Sonne hervor, so stach sie unleidlich, und neue Gewitter folgten so anhaltend und heftig, daß der Senn drüben öfters sagte, einen solchen Sommer habe er seit Jahren nicht erlebt, und würde es nicht anders, so mache er nicht halb so viel Butter wie voriges Jahr, denn die Kühe wollten keine Milch geben, das Futter schmecke ihnen nicht. Während dieser Zeit suchte der Knecht die besten Augenblicke aus, um auf die kleine Alp herüber zu kommen, melkte seine Kühe so schnell wie möglich und sah dabei nicht nach dem Buben aus; nur hie und da, wenn er meinte, der Toni habe keine Milch mehr, holte er schnell den Krug heraus, füllte ihn und stellte ihn wieder hin. Er sah dann oft den Toni auf seinem Heulager sitzen und rief ihm zu: „Du bist ein Fauler!" dann aber lief er gleich fort, um trocken hinüber zu kommen und kümmerte sich weiter nicht um den Buben. So war der Juni dahin gegangen, auch schon ein guter Teil des Juli. Die Gewitter waren seltener geworden, aber dicke Nebel hüllten oft die Alp so ein, daß man kaum ein paar Schritte weit sah, und nur oben hie und da ein schwarzer Kopf zum Vorschein kam, der finster über die Nebel hervorblickte. Die Rinder verliefen sich oft so weit, daß der Knecht in dem Thal zwischen beiden Alpen einige fand und wieder hinaufbrachte. So konnte es nicht gehen; er rief oben gleich nach dem Buben, erhielt jedoch keine Antwort. Er lief zur Hütte und trat ein. Toni saß auf seinem Lager in die Ecke gedrückt und starrte vor sich hin.

„Warum siehst du nicht nach den Kühen?" fragte der Knecht.

Er erhielt keine Antwort.

„Kannst du nicht reden? Was ist denn mit dir?"

Keine Antwort.

Nun schaute der Knecht nach dem Brot und Käse, ob Toni alles verzehrt und etwa Hunger gelitten habe. Aber noch war mehr als das halbe Brot da, vom Käse der größeste Teil; Toni hatte fast nur Milch getrunken.

„Wo fehlt's dir denn? bist du krank?" fragte jetzt der Knecht wieder.

Toni gab keine Antwort; es war, als hörte er gar nichts, und so regungslos starrte er vor sich hin, daß es dem Knecht ganz unheimlich wurde; er lief hinaus. Drüben erzählte er dem Senn, wie es mit dem Hüter=

buben sei, und sie machten aus, wenn einer von den Sennbuben mit der Butter hinuntergehe, so müsse man die Sache dem Mattenhofbauer berichten.

So verging wieder eine Woche. Dann wurde dem Bauer der Bericht gebracht. Er meinte aber, der Bube werde schon wieder lustig werden, die starken Gewitter hätten es ihm wohl angethan. Doch ließ er sagen, der Senn möge hinübergehen; er habe ja eigene Buben und verstehe sich besser auf deren Art als der Knecht; wenn etwas Unrichtiges mit dem Toni sei, so müsse man ihn herunterbringen. Einige Tage später ging der Senn wirklich mit einem seiner Buben hinüber.

Er fand den Toni gerade so in die Ecke gedrückt, wie der Knecht ihn gesehen hatte. Was der Senn auch sagen mochte, Toni gab keinen Laut von sich, rührte sich nicht und starrte immer vor sich hin.

„Er muß hinunter," sagte der Senn zu seinem Buben, „geh gleich mit ihm; aber gib acht, daß ihm nichts zustößt, und sei gut mit ihm, es ist ja zum Erbarmen mit dem Buben," und dabei sah er mitleidig auf den Toni, denn der Senn hatte ein gutes Herz und Freude an seinen drei großen, frischen Buben. Der, den er bei sich hatte, war ein fester, stämmiger Bursch von sechzehn Jahren.

Er trat zu Toni heran und hieß ihn aufstehen, aber Toni regte sich nicht. Da faßte der Bursch ihn unter den Armen, hob ihn in die Höhe wie eine Feder, schwang ihn dann hinten auf seinen Rücken, packte ihn mit beiden Armen fest, und so wanderte er mit der leichten Bürde die Alp hinab.

Als der Mattenhofbauer den Toni in dem traurigen Zustand sah, der sich immer ganz gleich blieb, erschrak er; so hatte er die Sache nicht erwartet. Er wußte gar nicht, was er mit dem Buben machen sollte. Die Mutter war weit weg, Verwandte auch nicht da, und in diesem Zustande den Toni bei sich behalten, das konnte er gar nicht. Plötzlich kam ihm ein guter Gedanke, derselbe, den die Leute dort in jeder Verlegenheit, in jeder Not und jedem Jammer immer zunächst haben:

„Trag' ihn zum Herrn Pfarrer," sagte er zu dem Sennbuben, „der weiß Rat und wird helfen." Der Bursche machte sich gleich wieder auf den Weg und kam zum Herr Pfarrer. Dieser ließ sich alles erzählen, was er von dem Hergang der Sache wußte, besonders wie Toni in diesen Zustand gekommen sei. Der Pfarrer versuchte erst alle Mittel, Toni zum Sprechen zu bringen, fragte ihn, ob er zur Mutter wolle, aber es war alles umsonst, Toni gab nicht das leiseste Zeichen des Verständnisses oder der Teilnahme von sich.

Jetzt setzte sich der Herr Pfarrer hin, schrieb einen Brief und sagte zu dem Sennburschen: "Geh' zurück auf den Mattenhof, und sag' dem Bauer, er soll anspannen und mir sein Wägelchen schicken, ich will dann dafür sorgen, daß der Toni heut' noch nach Bern kommt, er ist schwer krank, sag' das dem Bauer." Dieser spannte auf der Stelle an, froh, daß das Weitere ihm abgenommen war, und er den Toni nur bis zur Bahnlinie hinunter zu fahren hatte. Der Herr Pfarrer aber schickte zu seinem Küster hinüber, das war ein älterer, freundlicher Mann, der schon seit vielen Jahren dem Herrn Pfarrer in manchem verantwortlichen Geschäft an die Hand gegangen war. Ihm wurde der Auftrag übergeben, mit aller Sorgfalt den Toni nach der großen Heilanstalt bei Bern zu bringen und dort dem Arzte, einem guten Bekannten des Herrn Pfarrers, dessen Brief zu übergeben. Eine halbe Stunde später fuhr das offene Wägelchen mit dem hohen Sitz vor das Pfarrhaus. Der Küster stieg hinauf, setzte den kranken Buben neben sich, hielt ihn sorgsam fest, und so fuhr der Toni zum erstenmal in seinem Leben, von einem Pferd gezogen, in die Welt hinaus. Aber er saß teilnahmslos da; es war, als ob er von der Außenwelt gar nichts vernehme.

Kapitel 4. In der Heilanstalt.

Der Arzt der Anstalt saß mit seiner Familie unter allerlei fröhlichen Gesprächen abends um den Familientisch. Selbst die Dame aus Genf, die täglich einige Stunden mit der Familie zubrachte, schien heute von der Munterkeit der Kinder ein wenig angesteckt: so lebendig hatte sie sich noch nie an all' den Verhandlungen beteiligt, welche über verschiedene Interessen der Schuljugend geführt wurden.

Der Dame war ein geliebter, reich begabter Knabe vor nicht langer Zeit gestorben; dadurch war sie in so große Traurigkeit gefallen, daß ihre Gesundheit schwer gelitten hatte, und sie in die Anstalt gebracht worden war, um dort Genesung zu finden.

Die belebte Unterhaltung wurde plötzlich dadurch unterbrochen, daß dem Arzt ein Brief übergeben wurde.

„Ein Brief von einem Bekannten, der mir einen Kranken in die Anstalt schickt; ein Junge, kaum so alt wie unser Max, — da lies;" damit überreichte der Doktor den Brief seiner Frau.

„Ach der arme Junge!" rief die Frau, „ist er denn da? Hol' ihn doch her, vielleicht thut es ihm gut, Kinder zu sehen.

„Ich glaube, er ist ganz in der Nähe," sagter der Doktor, ging hinaus, und bald kam er mit dem Küster und Toni wieder herein. Er zog den ersteren mit sich zu einer Fensternische und fing hier halblaut mit ihm zu sprechen an. Unterdessen näherte sich die Hausfrau dem Toni, der beim Hereintreten sich in die nächste Ecke gedrückt hatte. Sie sprach freundlich mit ihm und forderte ihn auf, an den Tisch zu kommen und mit ihren Kindern etwas zu essen. Toni rührte sich nicht. Jetzt sprang die kleine, kecke Marie vom Sessel und kam mit einem großen Butterbrot zu Toni heran. „Da, beiß hinein," sagte sie ermunternd.

Toni blieb unbeweglich.

„Sieh, so mußt du's machen," und die Kleine biß ein tüchtiges Stück von dem Brot ab und hielt es ihm dann wieder hin, immer näher, er aber starrte vor sich hin und machte keine Bewegung. Dieser tonlose Widerstand wurde der kleinen Marie unheimlich, und leise zog sie sich zurück.

Jetzt kam der Doktor näher, nahm den Toni bei der Hand und ging, vom Küster gefolgt, hinaus.

Die Erscheinung des armen Toni hatte auf die Kinder einen großen Eindruck gemacht, sie waren ganz still geworden. Später, als sie zu Bett gegangen waren, und die beiden Frauen noch allein zusammen saßen, kam der Doktor wieder zurück. Er erzählte nun auf die bringenden Fragen der beiden alles, was ihm der Küster über den Verlauf der Krankheit und auch über das Leben des Toni mit seiner Mutter mitgeteilt hatte, und daß man vorher nie etwas Unrichtiges an dem Jungen bemerkt habe, nur sei er immer ein stilles und zahmes Kind und auch zarter gebaut gewesen als alle anderen.
Die Frauen fragten, wie er denn in diesen Zustand gekommen sei? Und der Doktor erklärte, das sei so unbegreiflich nicht, wenn man wisse, wie schrecklich die Gewitter droben in den Bergen seien; dazu ein zartes Kind, wie der Junge ja noch sei, ganz allein, ohne Menschen in der Nähe, ganze Wochen, ja Monate lang, ohne ein Menschenwort zu hören — „da", so schloß er, „kann vor Furcht und Grauen in der unheimlichen Einsamkeit ein Kind wohl so zusammenschrecken, daß es gänzlich erstarrt." Jetzt brach die Genfer Dame, die einen ganz

ungewöhnlichen Anteil an dem Geschick des armen Toni nahm, in große Aufregung aus:

„Wie kann eine Mutter zugeben, daß so etwas mit ihrem Kinde geschieht, es ist ja völlig unbegreiflich, ganz unfaßlich!"

„Sie wissen nicht," erwiderte besänftigend der Arzt, „was arme Mütter oft mit ihren Kindern geschehen lassen müssen; glauben Sie nur nicht, daß es ihnen weniger weh thut, als andern; Sie sehen daraus, wie vieles durchgelitten wird, wovon wir nichts wissen, und wie schwer die Armut drücken kann."

„Wird man auch dem armen Jungen wieder helfen können?" fragte die Frau des Arztes.

„Wenn ich nur eine rechte Gemütsbewegung bei ihm hervorbringen könnte," entgegnete er, „daß sich der Bann löst, der ihn gefangen hält; jetzt ist alles in ihm völlig starr und leblos."

„Ach, helfen Sie ihm! Helfen Sie ihm!" bat die kranke Dame eindringlich. „O, wenn ich etwas für ihn thun könnte!" Und in großer Aufregung ging sie hin und her und sann auf Hilfe, denn Tonis Geschick ging ihr tief zu Herzen.

Es war in der zweiten Woche des August gewesen,

als Toni in die Anstalt gekommen war. Tag um Tag, Woche um Woche vergingen, der Doktor konnte den beiden Frauen, die jeden Morgen seinem Berichte mit großem Verlangen entgegensahen, immer nur dieselbe traurige Kunde bringen: nicht die leiseste Aenderung war zu merken. Alle Mittel wurden versucht, ihn zu belustigen, ob er vielleicht lachen möchte, alle Mittel, ihn zu rühren, ob er vielleicht weinen möchte; man machte ihm allerlei Künste vor, seine Aufmerksamkeit zu erregen: alles, alles umsonst, keine Spur von Teilnahme oder Bewegung war bei dem Toni hervorzubringen. „Wenn er nur einmal zum Lachen oder Weinen zu bringen wäre," wiederholte der Doktor immer wieder. Aber bald war er vier Wochen in der Anstalt, alle Hoffnung schwand, der Arzt hatte alle Mittel erschöpft.

„Jetzt will ich noch eines versuchen," sagte er eines Morgens zu seiner Frau. „Ich habe an meinen Freund, den Pfarrer, geschrieben und ihn gefragt, ob der Junge sehr an seiner Mutter gehangen habe; so solle er sie in den nächsten Tagen herschicken. Vielleicht macht das Wiedersehen noch einen Eindruck auf ihn."

Mit der größten Spannung sahen die Frauen nun der Ankunft der Elsbeth entgegen.

In der ersten Woche des Septembers hatten die letzten Gäste das Gasthaus in Interlaken verlassen, in dem Elsbeth den Sommer zugebracht hatte; sie machte sich gleich auf den Weg nach Hause, denn es verlangte sie, alles gut in Ordnung zu bringen, bevor Toni von der Alp herabkäme: sie dachte nicht anders, als er sei noch dort oben, und hatte keine Ahnung von allem, was vorgefallen war. Als sie daheim ankam, ging sie gleich nach dem Mattenhof, um nach dem Toni zu fragen und ihre Geiß zu holen. Der Bauer war sehr freundlich, meinte, ihre Geiß sei jetzt weit und breit eine von den schönsten, weil sie so lang an dem guten Futter gewesen sei. Als die Elsbeth aber nun nach ihrem Toni fragte, brach er schnell ab und sagte, er habe gerade so viel zu thun, sie möge nur zum Herrn Pfarrer gehen, er wisse am besten Bescheid über den Buben. Es kam der Elsbeth gleich ein wenig sonderbar vor, daß der Herr Pfarrer am besten wissen sollte, was auf der Alp vorgehe, und während sie die Geiß heimführte und darüber nachdachte, stieg ein ängstliches Gefühl in ihr auf und wurde immer stärker. Daheim band sie schnell die Geiß an, ging gar nicht ins Hüttchen hinein, sondern lief auf demselben Weg, den sie eben gekommen war, wieder bis nach Kandergrund hinunter.

Der Herr Pfarrer sagte ihr mit großer Schonung, der Toni habe das Leben auf der Alp nicht gut ertragen, man habe ihn herunterbringen müssen, und da es am besten für ihn gewesen, daß er schnell zu einem guten Arzt in die rechte Pflege komme, so habe er den Buben gleich nach Bern geschickt.

Die Mutter war sehr erschrocken und wollte gleich den andern Tag hinunterreisen, um selbst zu sehen, ob ihr Kind sehr krank sei.

Der Herr Pfarrer aber meinte, das gehe nicht, sie müsse warten, bis der Arzt einen Besuch erlaube, sie könne jedoch versichert sein, daß ihr Toni die beste Pflege genieße.

Mit schwerem Herzen ging Elsbeth in ihr Hüttchen zurück. Sie konnte nichts thun, nur alles dem lieben Gott übergeben, Er allein war ja ihr Trost seit so vielen Jahren. Es währte aber nur wenige Tage, so schickte der Herr Pfarrer ihr den Bescheid, sie solle gleich nach Bern reisen, der Doktor wünsche, daß sie komme.

Früh am folgenden Tag zog Elsbeth aus; um die

Mittagsstunde hatte sie Bern erreicht, und bald stand sie vor der Pforte der Anstalt.

Sie wurde nach dem Wohnzimmer des Arztes geführt und hier mit großer Freundlichkeit von seiner Frau und mit einer noch lebhafteren Teilnahme von der Genfer Dame empfangen. Diese hatte sich so in die Geschichte des armen Toni und seiner Mutter hineingelebt, daß sie kaum noch an etwas dachte, als wie den beiden zu helfen sei; sie hatte ja auch nur das einzige Kind gehabt und konnte sich den Kummer der Mutter so gut denken. Sie hatte auch den Arzt gebeten, dabei sein zu dürfen, wenn er den Buben zu der Mutter führen würde, um sich auch daran erfreuen zu können, wenn beim Wiedersehen die Freude bei dem armen Kinde durchbrechen würde, wie man hoffen konnte. Bald erschien auch der Doktor, und nachdem er die Mutter darauf vorbereitet hatte, daß Toni im ersten Augenblick noch nicht sprechen werde, holte er ihn. Er führte ihn an der Hand ins Zimmer, ließ ihn dann los und trat selbst zur Seite.

Die Mutter lief auf ihren Toni zu und wollte seine Hand fassen; er zog sie zurück, drückte sich in die Ecke und starrte ins Leere.

Die Frauen und der Arzt wechselten traurige Blicke.

Die Mutter ging ihm nach und streichelte ihn. „Toneli, Toneli," sagte sie einmal ums andere mit zärtlicher Stimme, „kennst du mich denn nicht? Kennst du deine Mutter nicht mehr?"

Wie immer drückte Toni sich in die Wand hinein, machte keine Bewegung und schaute starr vor sich hin.

Die zärtlichen Töne der Mutter gingen in jammernde über: „Ach, Toneli, sag nur ein einziges Wort! Sieh mich nur einmal an! Toneli, hörst du mich gar nicht?"

Toni blieb unbeweglich.

Noch einmal schaute die Mutter voller Zärtlichkeit auf ihn, sie traf auf seine völlig starren Augen. Es war zuviel für die arme Elsbeth; das einzige Gut, das sie auf Erden besaß, und an dem sie mit ganzer Seele hing, ihr Toni sollte ihr verloren sein und in so trauriger Weise! Sie vergaß alles um sich her; sie fiel neben ihrem Kinde auf die Kniee nieder, und während ihr die Thränen aus den Augen stürzten, betete sie laut aus dem Jammer ihres Herzens heraus:

"Ach lieber Gott, ach Vaterherz,
Mein Trost von so viel Jahren,
Wie läßt Du mich so manchen Schmerz
Und große Angst erfahren!

"Ach Herr, wie lange willst Du mein
So ganz und gar vergessen?
Wie lange soll ich traurig sein,
Mein Brot mit Thränen essen?"

Tonis Augen hatten einen andern Ausdruck bekommen, er schaute seine Mutter an. Sie sah es nicht und fuhr unter Thränen zu flehen fort:

"Nach Dir, o Herr, verlanget mich
Im Jammer dieser Erden;
Mein Gott ich harr' und hoff' auf Dich,
Laß nicht zu Schanden werden."

Plötzlich warf Toni sich an die Mutter hin und schluchzte laut auf. Sie umschlang ihn, und ihre Jammerthränen gingen in lautes, freudiges Schluchzen über. Auch das Kind schluchzte laut.

"Es ist gewonnen," sagte der Doktor in heller Freude zu den Frauen, die tiefbewegt auf die Mutter und den Buben schauten.

Jetzt öffnete der Doktor das Nebenzimmer und winkte der Elsbeth, mit dem Toni dort hineinzugehen; er fand für gut, daß die beiden nun eine Weile allein seien. Drinnen fing nach einiger Zeit der Toni ganz natürlich mit seiner Mutter zu sprechen an und fragte: "Gehen wir heim, Mutter, ins Steinhüttchen? Muß ich nicht mehr auf die Alp?"

Und sie beruhigte ihn und sagte, sie nehme ihn jetzt gleich mit heim, und da blieben sie bei einander. Bald kamen dem Toni alle seine Gedanken wieder ganz klar; nach einer Weile sagte er: „Aber ich muß etwas verdienen, Mutter."

„Kümmere dich jetzt nicht darum," beruhigte Elsbeth, „der liebe Gott wird schon einen Weg zeigen, wenn es Zeit ist."

Dann fing sie an, ihm von der Geiß zu erzählen, wie schön und fett sie geworden sei, und Toni wurde nach und nach ganz lebendig.

Nach einer Stunde holte der Doktor die beiden ins Wohnzimmer zu den Frauen zurück. Toni war völlig verändert, seine Augen hatten jetzt einen ernsthaften, aber ganz verständigen Ausdruck. Die Genfer Dame hatte eine unbeschreibliche Freude; sie setzte sich gleich zu ihm hin, und er mußte ihr erzählen, wo er in die Schule gegangen, und was er gelernt habe.

Der Doktor aber winkte Elsbeth zu sich heran.

„Hört, gute Frau," fing er an, „die Töne, die ihr da angeschlagen, haben einen tiefen, erschütternden Eindruck auf das Herz des Buben gemacht. Kannte er das Lied schon?"

„Ach Du mein Gott," rief die Elsbeth aus, „viele hundert Male habe ich es an seinem Bettlein gebetet, wie er noch ganz klein war, oft unter vielen Thränen, und er hat dann mit mir geweint, wenn er schon nicht wußte warum."

„Er weinte, weil ihr weintet, er litt, weil ihr littet," sagte der Doktor. „Nun begreif' ich's, daß er von diesen Tönen erwachte. Mit solchen Eindrücken schon in der frühen Kindheit ist es kein Wunder, daß er ein stiller und in sich gekehrter Junge wurde. Das erklärt mir noch manches an dem Vorgang."

Jetzt trat die Genfer Dame heran, sie mußte durchaus mit der Frau reden. „Liebe, gute Frau, er soll und darf nicht wieder auf die Alp, er paßt nicht dazu," sagte sie in großem Eifer; „wir müssen etwas anderes für ihn suchen. Hätte er keine Lust zu irgend einem andern Gewerbe? Aber es müßte ein leichtes sein; er ist nicht kräftig und bedarf der Sorge."

„Ach ja, er hätte große Lust etwas zu erlernen," sagte die Mutter; „schon von kleinauf hat er es gewünscht, aber ich darf es fast nicht sagen."

„Doch, doch, gute Frau, sagt's nur frisch heraus," ermunterte die Dame und erwartete etwas Unerhörtes.

„Er möchte so gern Holzschnitzer werden und hat auch viel Geschicklichkeit dazu, aber das Kost- und Lehrgeld zusammen beträgt über achtzig Franken."

„Ist das alles?" rief die Dame im höchsten Erstaunen, „ist das alles? Komm, mein Junge," und sie lief wieder zu Toni hin, „willst du wirklich gern Holzschnitzer werden? Am liebsten von allem?"

Die Freude, die in Tonis Augen leuchtete, als er die Frage bejahte, zeigte der Dame, woran sie war. Sie hatte ein solches Verlangen, dem Toni wohlzuthun, daß sie am liebsten gleich noch in derselben Stunde handeln wollte. „Möchtest du's gleich erlernen, jetzt gleich zu einem Meister kommen?" fragte sie ihn.

Toni bejahte freudig.

Nun kam aber ein neuer Gedanke; sie wandte sich an den Doktor: „Sollte er sich vielleicht erst erholen müssen?"

Der Doktor erwiderte, er habe auch schon darüber nachgedacht; die Frau habe ihm aber gesagt, daß sie einen sehr guten Meister oben in Frutigen wisse. „Nun, denke ich," fuhr er fort, „das Schnitzen ist keine anstrengende Arbeit, und eine Hauptsache für den Toni ist, daß er eine Zeit lang gute, kräftige Nahrung bekommt. In Frutigen ist ein sehr gutes Gasthaus, wenn er nur hier und da —"

„Das übernehm' ich, Herr Doktor, das übernehm' ich," unterbrach ihn die Dame; „ich gehe mit, morgen reisen wir. In Frutigen werde ich Kost und Wohnung und alles, was er braucht, für den Toni besorgen." Die Dame schüttelte in ihrer Herzensfreude der Mutter und dem Buben wiederholt die Hände und ging hinaus, um ihr Mädchen über die Reisevorbereitungen zu unterrichten.

Als dann die Mutter mit dem Buben nach ihrem Zimmer gebracht worden war, sagte der Doktor in großer Freude zu seiner Frau: „Wir haben zwei Genesene. Auch unsere Dame ist geheilt; ein neues Interesse ist in ihr Leben gekommen, du wirst sehen, sie wird neu aufleben in der Fürsorge für diesen Jungen. Das war ein schöner Tag!"

Am folgenden Morgen wurde die Reise nach Frutigen angetreten, und die kleine Gesellschaft war so froh und glücklich zusammen, daß sie oben angekommen war, eh' sie sich's versah. Beim Holzschnitzer ließ sich die Dame alles sagen, was man zu dem Gewerbe brauche, und nachdem der Schnitzer allerlei Instrumente vorgezeigt, meinte er, ein schönes Buch mit guten Bildern, nach denen man arbeiten könne, sei auch nicht zu verachten. Nachdem ihm die Dame recht anempfohlen, den Toni alles zu lehren, was ihm irgend für die Zukunft nützlich sei, ging man nach dem Gasthause. Hier mietete die Dame ein gutes Zimmer mit bequemem Bett und machte selbst mit dem Wirt den Küchenzettel für jeden Tag der Woche. Der Wirt versprach unter vielen Bücklingen, alles genau zu befolgen, denn er merkte wohl, mit wem er es zu thun habe.

Nun mußten die Mutter und Toni mit der Dame im Gasthaus speisen, und während der Mahlzeit hatte sie ihnen noch viel mitzuteilen: Sie gehe, sagte sie, nun nächstens heim nach Genf, da seien große Magazine, wo nichts als Schnitzereien verkauft würden; dort werde sie gleich vermitteln, daß Toni alle seine Arbeiten hinschicken könne; er möge nur mit frischem Mut zu arbeiten anfangen. Auch bestand sie darauf, daß Toni nicht zwei, sondern drei Monate beim Schnitzer bleibe, damit er alles von Grund aus erlerne; er könne ja von hier aus sonntags die Mutter besuchen, oder sie könne zu ihm kommen.

Elsbeth und Toni waren so erfüllt von Dank, daß sie gar keine Worte dafür fanden; aber die Dame verstand sie trotzdem wohl und trug ein fröhliches Herz heim, wie sie es seit langer Zeit nicht mehr gehabt hatte.

Wie der Doktor vorausgesehen, so kam es: die Dame, die nicht mehr an ihre Heimat hatte denken können und wollen, begehrte nun nach Genf zurückzukehren; sie hatte nun soviel Pläne dort auszuführen, daß sie den Tag der Rückkehr kaum erwarten konnte.

Mit großer Freude willigte der Arzt in die baldige Abreise ein.

Toni, kaum bei seinem neuen Lehrmeister angekommen, machte sich mit solchem Eifer und Geschick an die Arbeit, daß der Schnitzer schon in der vierten Woche zu seiner Frau sagte: „Wenn der so fortfährt, so lernt er's besser als ich es selber kann."

Drei Monate waren zu Ende, da nahte Weihnachten heran. Durch tiefen Schnee watete Toni eines Morgens seiner Heimat zu. Er sah rund und frisch aus, und sein Herz war so fröhlich, daß er laut vor sich hinsingen mußte.

Als er aber nach langem Marsch plötzlich sein Stein= hüttchen erblickte, mit der dick beschneiten Tanne dahin=

ter, da schossen ihm die Thränen in die Augen vor Freude; er kam ja wieder heim, heim für alle Zeit. Er lief auf das Häuschen zu, und schon hatte ihn die Mutter gesehen und lief heraus, und wer nun von beiden die größte Freude hatte, das kann kein Mensch wissen, aber so glücklich waren die beiden, als sie wieder neben einander in ihrem Häuschen saßen, daß sie sich gar kein größeres Glück auf Erden hätten denken können. Ihre höchsten Wünsche waren erfüllt: Toni war Holzschnitzer und konnte sein Gewerbe daheim bei der Mutter treiben. Und mit welchem Segen hatte außerdem der liebe Gott sie noch überschüttet! Von Genf her waren der Elsbeth solche Wohlthaten zugekommen, daß sie gar keinen sorgenschweren Tagen mehr entgegensehen mußte, und mit jeder Sendung kamen neue Zusicherungen für die bereitwillige Aufnahme von Tonis Arbeiten. Ein Weihnachtsfest aber, wie zwei Tage nachher im Steinhüttchen gefeiert wurde, hatten' weder die Elsbeth noch ihr Toni je erlebt, denn die Festkerzen, welche die Mutter angezündet hatte, beleuchteten nicht nur eine Menge Sachen, die Toni zu seiner Bekleidung erhielt, sondern auch eine ganze Auswahl der schönsten Messer zum Schnitzen und ein Buch mit Bildern von einer Größe und Schönheit, wie

Toni in seinem Leben noch nichts gesehen hatte; das Buch seines Meisters war dagegen ein wahres Spielzeug. Auch für Elsbeth war liebevoll gesorgt. Alles hatte die Dame in Genf ausgesonnen, und der lichte Wiederschein davon fiel erhellend in ihr eigenes Herz zurück.

Die schönsten Gemsen und Jäger aber und die prächtigen Adler auf den Felsen, die dort an den hohen Schaufenstern in Genf stehen, hat der Toni geschnitzt; und war ihm ein Stück ganz besonders gut gelungen, so wanderte es nicht zu dem Genfer Kaufherrn, sondern zu der Dame, für die Toni sein Leben lang ein dankbares Herz bewahrte.

Das Weihnachts-Büchlein.

Ein Bilderbuch mit hübschen Bildern und schönen Sprüchen und Versen für die Kleinen von 3–7 Jahren. Herausgegeben von der Pilger-Buchhandlung. Preis 10 Cts. Im Dutzend 7 Cts. Im Hundert 5 Cts.

1. Epiphanias-Bild.
2. Weihnachten.—Bild.
3. Wie lieb'!—Bild.
4. Alles, was Odem hat.—Bild.
5. Geschwister-Liebe.—Bild.
6. Siehst du den Stock?—Bild.
7. Großvaters Geburtstag."
8. Otto und Dora.—Bild.
9. 10 Räthsel.—Bild.
10. Kind und Kätzchen.—Bild.
11. O Tannenbaum.—Bild.
12. In der Schule.—Bild.
13. Hinaus zum Wald.—Bild.
14. Im Schifflein.—Bild.
15. Martha. Sprüche.—Bild.
16. Die fleißigen Stricker. Bild.
17. Kinder-Spiele.—Bild.
18. Thust du etwas.—Bild.
19. Abendlied.—Bild.
20. Weißt du's?—Bild.
21. Gute Nacht.—Bild.
22. Schlafe sanft.—Bild.
23. Kikeriki. Steht auf! Bild.
24–26. Titel u. Umschlag. Bild.

Für Weihnachten.

a. Für ganze kleine Leute.
1. **Biblische Bilder** auf farb. Karten pr. Dz. 15 C. 100 Cr. $1.
2. **Luther-Bilder** mit Versen, farbig 24 Stück 35 Cents.

b. Für Kinder von 3—16 Jahren.
1. **Das Büchlein v. l. Heiland** in 28 Bildern 10 C., 100 $5.
2. **Das Leben Jesu Christi** in 42 Bilder. 15 Cts., 100 $10.
3. **Das Weihnachtsbüchlein.** Bilderbuch. 10 Cts., 100 $5.
4. **Die h. 10 Gebote,** 24 Bildern in 2 Farben 10 C., 100 $7.
5. **Das Glaubensbekenntn.** mit Bildern 10 Cts., 100 $7.
6. **Das Vaterunser** in 2 Farben und Bildern 10 Cts., 100 $7.
7. **Die 2 Sakramente** mit hübschen Bildern 10 Cts., 100 $7.
8. **Amt der Schlüssel,** Haustafel mit Bildern 10 Cts., 100 $7.
9. **Kinderfreude.** Großes Bilderbuch. 3. Aufl. 15 Cts., 100 $8.
10. **Hübsches Bilderbuch** mit A B C, 8 Ct., im 100 nur 4½
11. **Die Festzeiten des Kirchenjahrs,** 10 Cts., beim 100 $7.
12. **Mein I. Buch,** 18 Cents. **Mein II. Buch,** 25 Cents.

c. Für größere Schüler und Lehrer.
1. **Neue Lutherbüchlein,** 24 Bilder u. Versen 25 C., 100 $18.
2. **Jubelausgabe von Luthers Katechismus,** 75 Bilder.
   Ausgabe I. in Roth- und Schwarzdruck, Muslinband 30 Cts.
   Ausgabe II. a. Schwarzdruck. Muslinbb. 25 Cts., pr. 100 $16.
   Ausgabe II. b. " Schulband, 20 Cts., pr. 100 $12.
3. **Biblische Geschichten** mit Bildern. 3. Aufl. 290 Seiten.
   Weihnachten ist die beste Zeit zum Einführen. 25 Cts. pr. 100.
4. **Schule des Lebens.** 10 Gebote in Beisp. 40 Cts., 100 $25.
5. **Ebenezer.** Erzählung von Past. Rohe, elegant geb. 50 Cts.
6. **Gedichte u. Dialoge** v. Past. Spring, 35 Cr., d. Dzd. 25 Ct.
7. **Dialoge** von Pastor Chr. Fischer, 40 Cts., 100 Cr. 25 Cts.
8. **4 Bändchen Erzählungen** v. Past. Baumbach, a 30 Cts.

Nie zuvor hatten wir solch eine große Auswahl Weihnachtsbüchle'n im Verlag. Cataloge gratis.

Die Pilger-Buchhandlung,
Reading, Pa.

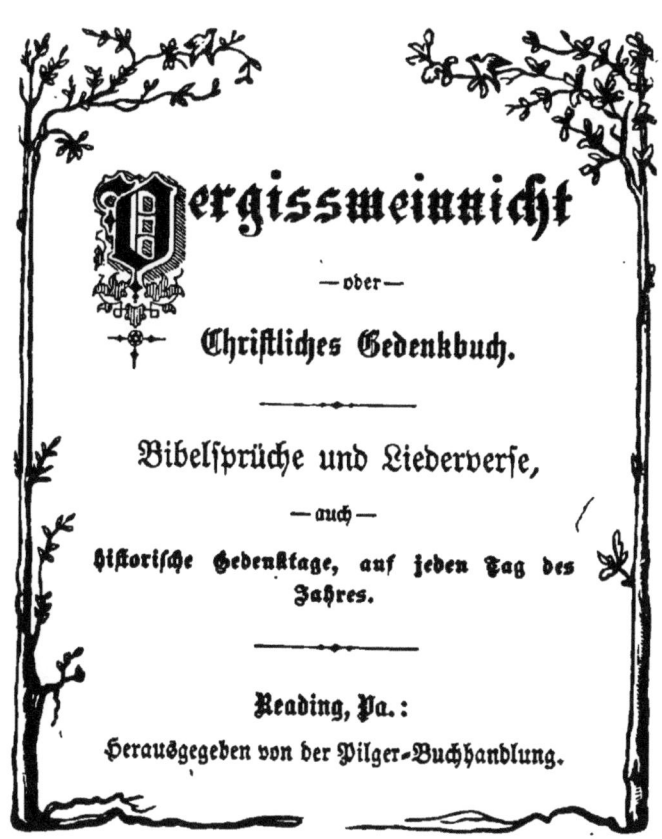

Vergissmeinnicht
— oder —
Christliches Gedenkbuch.

Bibelsprüche und Liederverse,
— auch —
historische Gedenktage, auf jeden Tag des Jahres.

Reading, Pa.:
Herausgegeben von der Pilger-Buchhandlung.

Preis: In Muslinband, 35 Cts.; in Muslinband mit Goldschnitt und Goldpressung, 50 Cts.; Prachtausgabe mit 6 Farbendruckbildern, 75 Cts. Porto 5 Cts. per Exemplar.